Johannes Kuhn

In deinen Händen

Quell Verlag

Es gibt Zeiten, da sollte man sich etwas mehr mit sich selbst beschäftigen, als man das gewöhnlich tut. Nicht auf die Weise, wie wir das meistens kennen, indem wir uns zum Mittelpunkt machen und alles auf uns selber beziehen. Nein, anders. Ganz anders. So, daß ich mir sozusagen gegenübertrete und darüber nachdenke, wer ich bin, was ich sage, was ich tue. Möglicherweise gelingt es uns dabei sogar, über die Instrumente unseres Tuns nachzudenken. Ich meine damit unsere Hände.

Vielleicht waren sie in einem ständig gleichen Ablauf mechanischer Handgriffe tätig. Vielleicht aber auch, um ein Kind zu streicheln, oder um einen Menschen sorgsam durch ein Zimmer zu führen. Und wenn wir noch länger nachdenken, dann kann es doch geschehen, daß unsere Hände anfangen zu sprechen. Denn sie haben doch ihre Erfahrung, ihre Geschichte, haben ihr eigenes Blühen und ihr eigenes Verwelken. Und welche Zeichen sind nicht darin eingegraben: die von Liebe und Treue, aber auch die von Gram und Schmerz. Vieles ist in der Gestalt und Bewegung unserer Hände zu lesen.

Es stellt sich heraus, daß unser Leben nichts anderes ist als die Schar unserer Taten und damit auch unserer Hände. Die Hände – sie sind die Summe unserer Handlungen, der vergangenen wie der gegenwärtigen. Und wie ist das, wenn wir sie anschauen, unsere beiden Hände? Waren sie nur Instrument, oder haben andere darin mehr entdeckt? Freude, Erwartung, Überraschung? Denn wer wir wirklich sind, das erfahren wir oft genug von außen, aus einem Spiegel unserer Taten, den andere Menschen uns entgegenhalten.

Unzählige Dinge kommen uns vom Morgen bis zum Abend vor die Hand, wichtige und unwichtige. Und mit den Dingen kommen auch Aufgaben, Chancen oder Gefahren. Gut, wenn dann einer wie der

Dichter Eduard Mörike von seinen Händen mit dem, was sie anrichten und was sie ausrichten, wegschauen und bitten kann:

Du, Vater, du rate,
lenke du und wende.
Herr, dir in die Hände
sei Anfang und Ende,
sei alles gelegt.

Nicht immer ist es leicht, still und getrost das Seine in stärkere Hände zu geben. Oft spüren wir die Hand Gottes auch so, als ob sie sich zurückzieht. Wir fühlen sie nicht mehr, greifen ins Leere, meinen, wir seien allein gelassen in dieser Welt. Wir suchen vergeblich nach der großen Hand und denken, sie hätte sich gegen uns zur Faust geballt.

Wie rätselhaft ist sie dann – die gewaltige Hand Gottes. Es mag dann wie ein Schrei sein: Laß mich nicht und tue nicht von mir die Hand ab, Gott, mein Heil.

Und die Antwort? Die Antwort ist Christus. Denn was ist er anderes als die ausgestreckte Hand des Vaters im rätselhaften Dunkel unseres Lebens? Diese Hand, die auf Kranken liegt, um zu heilen und zu helfen, die die Kinder segnet und die die Letzten der Gesellschaft aus dem Staub emporhebt. Diese Hand, die nicht erlahmt wie unsere Hände. Diese Hand, die hineinragt in alle Situationen, die wie ein Angebot ist: Greif zu! Besser kann man es nicht bezeichnen, was Glauben heißt. Unsere menschlichen Hände aufheben, damit sie von Gott gefaßt und gehalten werden.

Aber dazu gehört es – manchmal ohne Rückversicherung – allein im Vertrauen auf Gott zu entscheiden und zu handeln. Er läßt unser Leben schon nicht ins Bodenlose stürzen. Darum sagt die Schrift: »Unter dir sind ewige Arme gebreitet.« Das gilt bis zuletzt, so daß der Dichter Rainer Maria Rilke schreiben kann:

Wir alle fallen. Diese Hand da fällt.
Und sieh dir andre an: es ist in allen.
Und doch ist Einer, welcher dieses Fallen
unendlich sanft in seinen Händen hält.

Das ist das Letzte, vielleicht das Schönste, das von uns zu sagen ist, wenn unser Leben diese Reife, diese Zuversicht erfährt. Aber bis dahin gibt es noch so vieles, wo unsere Hände nur um sich tasten und jeden Tag auf etwas treffen, auf etwas Unerwartetes, Fremdes, und man oft genug durch sie das Unerwartete und Befremdliche tut.

In manchen Situationen scheint es freilich so zu sein, als stünden unsere Hände in ganz anderem Dienst. Denn sie können auch zerstören. Dann, wenn sie sich zu drohender Gebärde emporstrekken, wenn sie die offene Hand der Versöhnung zurückweisen. Oft genug sind sie doch Fortsetzungen jener Ellenbogen, mit denen wir uns durchsetzen. Und dann schaut man auf sie herunter, erschrocken und entsetzt: Wer seid ihr eigentlich, wenn ihr so seid? Warum seid ihr so? Und es kommt einem in den Sinn: Es ist nicht gut, solche Hände zu haben!

Hände können viele Geschichten erzählen. Und wenn ich mir vorstelle, daß irgendwo in einem Haus die Hand eines Erwachsenen mit einer Kinderhand, die durch die Gitterstäbe des Bettchens herausragt, spielt, dann ist das ein Grund zum Nachdenken: Da die kleine Hand, die nach allem greift, spielerisch, vertrauensvoll, die sich ihre kleine Welt ertastet und in vielen Augenblicken erfährt, was sie später nie mehr erfahren wird: das kleine Glück einer heilen Welt. Und dort die andere Hand, mit Schrunden und Runzeln, in die alles eingegraben ist, was zwanzig, dreißig, fünfzig und manchmal siebzig Jahre aus einem Menschen machen. Eine Hand, die oft zufassen wollte, noch öfters festhielt und doch zuletzt lernen muß loszulassen.

Vieles ist in unseren Händen eingegraben. Was ein Mensch mit ihnen arbeitet, wie er etwas Gutes schafft, damit er auch Bedürftigen etwas geben kann. Und auch dies, daß es helfende Hände sind, die sich wie Brücken zum anderen Menschen hinüberbeugen, damit er aus seiner Angst herausfindet.

Wie oft müssen unsere Hände die Funktion übernehmen zu zeigen, hinzuweisen auf das, was notwendig ist, Orientierung zu geben, den Weg anzuzeigen, auf dem es weitergeht für die Tochter, für den Sohn oder für einen Mitmenschen im Beruf. Und wir sollten dabei die Position des Wegweisers nie verwechseln mit der des Weges selbst. Und wie oft sind es die Hände anderer, die dafür sorgen, daß wir selber noch mit unsren Händen tätig sein können: die Hände des Arztes, die den Körper abtasten, um der geheimnisvollen Krankheit auf die Spur zu kommen, die unsere Hände lahm gelegt hat. Oder die Hände des Freundes, der einem die Angst aus dem Gesicht wischt, dessen umfangende Gebärde die Unruhe besänftigt.

Manchmal sieht man auch gekrümmte, vor Schmerzen gespreizte Hände. Sie erinnern uns daran, wieviel Leid einen Menschen treffen kann, der unter die Folter gerät, damals wie heute. Denn Passion ist nicht begrenzt auf ein paar Tage und Wochen im Leben des Jesus von Nazareth, sondern sie ist Teil des Lebens. Die Hand Jesu glich unserer Hand. Was ist von ihr nicht alles zu sagen: Wie sie gesegnet, sich einladend Menschen entgegengestreckt hat und wie von ihr heilende Kräfte ausgegangen sind. Jesu Hand konnte sich aber auch zu einer Drohgebärde gegen jene Jünger erheben, die Feuer vom Himmel fallen lassen wollten.

In einer jüdischen Geschichte heißt es: »Wenn der Mensch geboren wird, hat er die Hände geschlossen, so als wollte er zum Ausdruck bringen, ich werde festhalten; und wenn er stirbt, dann öffnet er seine Hände, als sollte gesagt werden: Loslassen, das ist es jetzt, loslassen.« Die durchbohrten Hände Jesu sind auf allen Bildern geöffnet, ihr Signal lautet auch loslassen. Er sagt ganz zum Schluß: »Vater, in deine Hände lege ich mich selbst. Meinen Geist, Leib, Seele.«

Das hat er nicht nur für sich selbst gesagt, sondern auch für uns. Uns, die er dorthin bringt, wo Hände nicht mehr nur durchbohrt sind, sondern wo sie auch halten, führen und über uns bleiben wie ein Segen.

Viele Menschen möchten gerne beten. Es gibt da eine unbestimmte Sehnsucht unter uns. Meistens wollen wir sie nicht zugeben, und erklären können wir sie schon gar nicht. Wir sollten uns dieser Sehnsucht nicht schämen. Es ist das Verlangen, unser Leben in die Hände dessen zu geben, von dem die Propheten gesagt haben, daß seine Gedanken höher sind als unsere Gedanken.

Dietrich Bonhoeffer hat einmal für seine Mitgefangenen ein Bittgebet geschrieben:

Gott, zu dir rufe ich in der Frühe des Tages.
Hilf mir beten
und meine Gedanken sammeln zu dir.
Ich kann es nicht allein.
In mir ist es finster,
aber bei dir ist das Licht.
Ich bin einsam, aber du verläßt mich nicht.
Ich bin kleinmütig,
aber bei dir ist die Hilfe.
Ich bin unruhig,
aber bei dir ist der Friede.

Wenn wir beten, ist nichts darin als Armut, nichts, was auf dieser Welt zählt. Vielleicht noch unsere Hoffnung – denn Beten, das heißt doch: sich erinnern, daß Gott da ist. Unsere Schwierigkeit besteht darin, daß wir die Wirklichkeit des Lebens, so wie wir es kennen, aus dem Gebet manchmal ausgeblendet haben. Aber wenn Jesus uns gesagt hat, daß wir zu Gott kommen können wie Kinder zu ihrem Vater, dann dürfen wir unser Leben vor Gott ausbreiten, so wie es ist, mit seinen Sorgen und Ängsten, mit seiner Hoffnung und seinem Glück. Im Gebet versuche ich, meine Situation vor Gott zu bestimmen. Aber in demselben Augenblick rechne ich damit, daß Gott diese Situation anders sieht als ich selbst. Und ich riskiere dabei, daß ich danach etwas tue, was ich bisher bewußt oder unbewußt ängstlich vermieden habe – ich suche die Begegnung und Versöhnung mit Menschen, denen ich lange aus dem Wege gegangen bin, ich habe Zeit für Menschen, von denen ich weiß, daß sie auf mich warten, ich verschließe die Augen nicht mehr vor dem Elend und der Ungerechtigkeit in der Welt. Denn zum Gebet gehört der Blick auf Gott ebenso wie der auf den nahen und den fernen Nächsten.

Beim Beten geht es nicht um bestimmte Übungen der Frömmigkeit. Beten ist eine Art zu leben, zu warten, sich offenzuhalten, ein Ausdruck dafür, daß man nicht besitzt, sondern bittet. Man lebt nicht von dem, was man hat, sondern von dem, was noch werden kann. Im Beten liegt die Hoffnung, daß es anders werden kann, als es ist. Beten ist eine Lebenshaltung, in der man »dennoch« sagt. Und das in einer Sprache, die gleichzeitig durchlässig ist für die Wirklichkeit des Lebens und die Wirklichkeit Gottes.

J eder von uns hat viele Wünsche und viele Bitten, aber wissen wir noch, daß wir auch viel zu danken haben? Danken erwächst nicht nur aus spontaner Freude, sondern auch aus Nachdenken. Vielleicht fallen uns dazu auch die Worte des Psalms 145 ein:

Der Herr hält alle, die da fallen,
und richtet alle auf, die niedergeschlagen sind.
Aller Augen warten auf dich, Herr,
und du gibst ihnen ihre Speise zu seiner Zeit.
Du tust deine Hand auf und erfüllest alles,
was lebt, mit Wohlgefallen.

Für mich verbindet sich mit diesem Psalmwort die Erinnerung an ein kleines Spiel, das die Eltern oft mit uns gespielt haben, als wir noch Kinder waren. Der Vater hielt die Hände zur Faust geballt nach vorn. In der einen war ein Bonbon oder ein Stück Schokolade, die andere war leer. Und dann durften wir auf eine Faust tippen. Ein kleines Spiel mit wechselndem Erfolg.

Aber so halten wir es ja oft auch mit Gottes Hand. Wir sagen von manchem, was uns von ihm gegeben wird: Da war nichts drin! Oder ein anderes Mal: Hoffentlich ist dieses Mal etwas drin!

Wer freilich bei den Gegebenheiten und Ereignissen seines Lebens heraushört: »Du tust deine Hand auf und erfüllest alles, was lebt, mit Wohlgefallen«, der entdeckt, daß bei Gott keiner leer ausgeht. Daß noch jeder Tag, jedes Ereignis, jede Begegnung, jede Erfahrung das Wohlgefallen Gottes enthalten will. Wir brauchen also eine neue Aufmerksamkeit, alle unsere Erfahrungen mit Gott in Verbindung zu bringen.

Gott hat eine offene Hand. Jeder von uns weiß, was es bedeutet, wenn man das von einem Menschen sagt; mit dem möchten wir gerne etwas zu tun haben! So will uns Gott in seine Nähe ziehen und will sein Ja zu uns sprechen. Denn was bedeutet Wohlgefallen anderes als sein Ja zu uns? Mit seinem Ja gibt Gott uns aus seiner vollen Hand gute Gaben: ein fröhliches Herz, eine schnelle Auffassungsgabe, eine geschickte Hand, einen ausgleichenden Charakter, ein hilfreiches Wesen, oder auch die Geduld, eine Krankheit zu bestehen. Jedenfalls soll keiner leer ausgehen. Ob wir das begreifen, wird sich dann daran zeigen, wofür wir alles danken können.

Dankbarkeit ist ja nicht einfach eine Quittung für empfangenes Gute, sondern eine freie Reaktion des Herzens. Wer dankbar ist, der erlebt das Leben intensiver, unmittelbarer, ganz gegenwärtig, der kann noch staunen.

Wenn wir Gott danken, werden wir merken, daß dabei unser Glaube wächst und unsere Aufmerksamkeit geschärft wird. Und daß wir selbst auch eine offene Hand bekommen, die weitergibt, Geld oder Zeit oder Freundlichkeit, alles das, was wir selber empfangen haben. Denn es ist uns viel gegeben, was wir zum Leben brauchen, und sogar vieles darüber hinaus.

Wie sollten wir damit nicht helfen und davon nichts weitergeben wollen?

Der Psalmist im Alten Testament sagt gelassen und vertrauensvoll: »Meine Zeit steht in deinen Händen« (Psalm 31, 16). Was bedeutet das? Es heißt, daß man seine Vergangenheit aushält. Denn du, Gott, weißt, wo ich war. »Meine Zeit steht in deinen Händen« heißt, Gott ins Gespräch über sein Leben ziehen. Das öffnet die Gegenwart und befreit von der Angst um das Gestern.

Meine Zeit – in deinen Händen. Dieses Vertrauen macht es uns möglich, ungeteilt dem heutigen Tag zu leben, aufmerksam für den Augenblick, wach für alles, was uns begegnet, was uns heute von Gott geschenkt ist.

Das macht kritisch gegenüber dem doppeldeutigen Satz: Ich habe keine Zeit! Es ist tatsächlich so: Ich »habe« sie nicht, über sie kann ich nicht verfügen. Ich weiß nicht, wie lange sie mir gegeben wird, und wann sie mir endgültig aus den Händen genommen wird.

Aber wie schafft man es, verantwortlich mit diesem heutigen Tag umzugehen? Denn ich habe so viel Zeit wie ich es verstehe, die Gegenwart ernst zu nehmen. Und diese Zeit wird erfüllt sein, wenn sie eine Zeit für Gott ist. Dazu wird immer wieder die Frage gehören: Wie bin ich mit meiner bisherigen Zeit umgegangen? Für wen habe ich Zeit gehabt? Denn »Zeit wird ja nicht nur am Zeiger der Uhr, sondern auch an der Wärme des Herzens gemessen« (Ludwig Köhler). Im Zeitalter einer perfekten Unterhaltungsindustrie, die unsere freie Zeit ganz zu beschlagnahmen droht, ist es um so notwendiger, sich Termine zu setzen für Freundschaften, für Bücher, für Kranke und Alte. »Solange wir noch Zeit haben, laßt uns Gutes tun«, so schreibt der Apostel Paulus an die Galater. Das erinnert uns

an den verantwortlichen Umgang mit der uns gegebenen Zeit. Freilich nicht so, daß man sich Ordnungen sklavisch unterwirft. Aber immerhin so, daß man einsieht, es ist ja nicht nur meine Zeit, mit der ich sorgsam umzugehen habe, sondern auch die Zeit der anderen, mit denen ich zusammenlebe, muß in meiner Einteilung und in meinen Plänen vorkommen. Es wäre ja nicht das Schlechteste, dabei vom Prediger Salomo (3, 2ff) zu lernen: »Ein jegliches hat seine Zeit. Alles Vorhaben unter dem Himmel hat seine Stunde. Geboren werden und sterben, pflanzen hat seine Zeit und ausreißen, abbrechen und bauen, weinen und lachen, schweigen und reden . . .«

Wenn wir nur begreifen, daß es Gottes Hände sind, die uns die Zeit darreichen, dann wird sie nicht mehr eine Last sein, nicht mehr wie der schnell rinnende Sand einer Uhr, sondern eine Gabe.

Wenn die Bibel von Gott spricht, wird oft seine Hand erwähnt. Sie ist Zeichen seiner Kraft und Ausdruck seines Erbarmens. Gott hat eine Hand, mit der er wirken kann: Er greift ein in unsere Welt. Er eröffnet uns Wege, er räumt beiseite, er erschließt uns Neues.

Wer das erfahren hat, der soll es weitergeben. Es warten Menschen darauf, davon zu hören, denn das ist doch auch wahr:

Wer einen Menschen wieder zum Lachen bringt, der schließt ihm das Himmelreich auf. Wer einem Menschen Geduld schenkt, der nährt in ihm Hoffnung. Wer einen Menschen zu neuem Vertrauen einlädt, öffnet ihm weite Horizonte.

Wehren wir uns darum gegen die Resignation, wenn uns alles aus der Hand gleiten will. Gott möchte uns halten, Jesus ist seine ausgestreckte Hand. Wann immer wir uns in die Enge getrieben fühlen, die Erfahrung, wie sie im 139. Psalm zum Ausdruck kommt, wartet auf uns:

Herr, du erforschest mich und kennest mich.
Ich sitze oder stehe auf, so weißt du es.
Du verstehst meine Gedanken von ferne.
Ich gehe oder liege, so bist du um mich
und siehst alle meine Wege. Denn siehe,
es ist kein Wort auf meiner Zunge,
das du, Herr, nicht schon wüßtest.
Von allen Seiten umgibst du mich und hältst
deine Hand über mir.
Diese Erkenntnis ist mir zu wunderbar und zu hoch,
ich kann sie nicht begreifen.

Fotos:
Doris Klees-Jorde: S. 2, 9, 11, 14, 17, 18
Ullrich-Jürgen Schönlein: S. 5, 6, 12, 20, 23

ISBN 3-7918-2504-6

© Quell Verlag, Stuttgart 1988
Printed in Germany · Alle Rechte vorbehalten
1. Auflage 1988
Umschlaggestaltung: Heinz Simon, Quell Verlag
Umschlagfoto: Peter Santor
Satz: Quell Verlag, Stuttgart
Druck: Emil Bandell GmbH, Stuttgart